KB055927

대자연과 세계적인 슬픔

박민혁
1983년에 태어났다.
서울예술대학 문예창작과, 동국대학교 문예창작학과를 졸업했다.
2017년 『현대시』를 통해 시인으로 등단했다.
시집 『대자연과 세계적인 슬픔』을 썼다.

파란시선 0077 대자연과 세계적인 슬픔

1판 1쇄 펴낸날 2021년 2월 10일
지은이 박민혁
디자인 최선영
인쇄인 (주)두경 정지오
펴낸이 채상우
펴낸곳 (주)함께하는출판그룹파란
등록번호 제2015-000068호
등록일자 2015년 9월 15일
주소 (10387) 경기도 고양시 일산서구 중앙로 1455 대우시티프라자 B1 202호
전화 031-919-4288
팩스 031-919-4287
모바일팩스 0504-441-3439
이메일 bookparan2015@hanmail.net

ISBN 979-11-87756-91-0 03810

값 10,000원

•이 책은 서울문화재단 '2017년 첫 책 발간 지원 사업'의 지원을 받아 발간되었습니다.

대자연과 세계적인 슬픔

박민혁 시집

시인의 말

포장지도 뜯지 않았는데
그대로 낡아 버린 새 물건이 있다.

그러나 자세히 보면
누군가 틈틈이 꺼내서 사용하고,
다시 몰래 넣어 놓은 흔적이 역력하다.

누구라도 사용했으니 다행이라고 해야 할까?

새것이면서 더는 새것이 아닌 그것을 본다.
내 것이면서 더는 내 것이 아닌 그것을 본다.

세계의 양심을 꾸짖기 어려웠다.

차례

시인의 말

제1부 400번의 구타

끝없는 추락은 어쩌면 날고 있는 것이다.
낮은 곳으로의 비행을 시작한다.

1

　당연하게도 너에 대한 비애가 생에 대한 비애로 수순을 밟는다. 자신이 뭐라도 되는 것처럼 으스대며 이별은 왔다. 며칠 사이 책도 읽잖고, 몇 다발 엮은 문장도 마뜩잖아서 낯선 동네들을 걸었다. 등신대의 내 슬픔이 함께하다. 내 삶도 충분히 부러울 만한 삶이다. 너를 실제로 본 적이 있는 사람과 너에 대한 얘기를 나눈 적이 있다. 물론 나는 보기 좋게 사랑에 실패했다. 조, 네가 발명한 미풍양속이 여기에 이르렀다.

2

　　그때 네가 다시 내 앞에 나타난 건 우연치고는 너무 이상한 일. 기억력이라고는 없는 네가. 지나간 연애가 미화되기 좋은 방식으로 비가 온다. 유행이 지났으므로 나는, 네 지난 애인들과 함께 옷장 깊숙이 걸려 있다. 특유의 재능으로 나는 아직 살아 있다. 너를 이토록 잊지 못하는 것은 사실 이렇다 할 추억이 없어서다. 나는 한 번도 너를 이해한 적이 없다. 너를 외우고, 또 외운다.

3

너와 나는 고난으로서 서로의 삶에 잠시 등장한다. 네
가 어두운 방에 촛불 하나를 켜 두고 그림자를 들이고 있
다. 섹스에도 관객이 필요하다는 듯. 우리는 입술을 맞대
고 서로를 연주하고는 했지. 물론 원하는 소리로 울어 주
지는 않았어. 돌아오기 위해 끊임없이 너에게로 떠나는 중
이야. 서로를 위해 각자가 믿는 신에게 기도했으므로, 모
두가 자신이 믿어 본 적 없는 신으로부터 구원받겠다. 네
배 위에서 내 촛농 같은 불안이 닦여 나갈 때, 연애는 무사
했고, 나의 국적은 네 안에.

4

외래종의 나를 들여왔지. 너의 이름은 모노노아와레.
첫사랑의 왕관은 무거운 법이란다. 사생 대회에 나갔고,
愛와 憎 두 곳만을 관찰한다. 아버지는 리바이어던 없는
삶의 말로를 보여 준다. 현대문학의 발달로 인간은 풍요
로운 슬픔을 맛보았지만, 환상통에 쉽게 생을 내주기도
했다. 변성기 이전의 남자가 말하길, "이젠 내 안에서 좀
뒈져 버리지그래?" 부모도 새끼에게 사랑받지 못하면 비
뚤어진다.

5

네가 말한다. 날 사랑해. 날 사랑해 줘, 도 아닌 날 사랑해. 그건 명령이었을까, 나르시시스트의 자기 고백이었을까. 사랑하라고 해서 사랑했을 뿐인데 너는 너에게로 떠나 버렸다. 나는 아무래도 잘못 알아들은 걸까. 기억이 젖몸살을 앓는다. 조목조목 설워해 보기로 한다.

6

길가에 버려진 거울 속에는 나, 그리고 지나가는 여자
가 하나. 너를 되풀이하지 않기 위해 너를, 사력을 다해 기
억하려 한다. 너는 생각나는 것이 있으면, 맥락을 개의치
않고 불쑥 뱉어 버리고는 했던 사람. 나 어느 날엔가 나도
모르게, 흘러들어 간 거리에서 가만히 서 있을 때, 문득 네
가 나를 우연히 호명했다는 생각. 불시에 너는 낯선 길 위
에 나를 불러 세운다. 꾸지람을 듣는 기분으로, 아름답지
는 않고 낯설기만 한 방식으로 멈춰 있다. 좋은 사람과 좋
아하는 사람은 구별해야 한다. 동시통역이라도 하듯 네가
말할 때마다 새가 울었다.

7

인광의 조도를 높인다. 네가 끊임없이 반복되므로, 내 삶은 온통 비문이다. 몇 사람을 더 살라야 비로소 네가 사라질까. 푸닥거리하듯 접시마다 여러해살이의 병과 풀리지 않는 비유 몇 개를 담는다. 우리의 대화는 꼭 문장부호를 모두 **빼** 버린 필담 같았어. 고작 ×× 때문에 스스로 목숨을 끊을 리는 없지만 ××마저, 라는 생각이 든다면 그럴 수도 있다. 그립다는 말은 어떤 살의의 완곡어법이다. 지도상에 없는 언어 위에서 나는 이미 귀신과 정략결혼했겠거니.

8

　나는 수시로 누군가의 꿈에 동원되고 있는 것은 아닌가. 벌레 한 마리 죽이지 못하는 소녀가 괴한이 되어, 내게 흉기를 휘두르는 꿈을 꾸고 난 뒤에, 안도하며 가슴을 쓸어내리는 것은 아닌가. 노승이 어린 창녀가 되어, 나와 몸을 섞는 꿈을 꾸고 난 뒤에, 서둘러 참선을 준비하는 것은 아닌가. 당신은 나의 몇 번째 꿈쯤에서 강제 노역하는가. 너와의 연애는 누구의 꿈속이었나. 네 가면 뒤에는 누구의 얼굴이 숨어 있었던가. 나는 누구의 가면인가. 어느 때에야 나는 꿈에서 네가 되어 나를 만나는가.

9

　다족류의 바람이 얼굴을 간질인다. 지경에 이를 것이냐, 경지에 이를 것이냐. 인간의 시간 밖으로 밀려난 연애의 뒷자락이 홀로 미추를 떠돌고 있다. 있을 법한 풍경을 조성해 놓고, 없을 법한 너와 걷는다. 지남력에 문제가 생긴 것 같아, 언제부터였을까. 너를 경유해 유구한 미래로 간다. 이것은 빈자의 운명이다. 감당할 수 없는 것들만 사랑받을 자격이 있다.

10

과연 얼마나 더 즐거운 인생이 남아 있을까. 아랫것처럼 천박하게, 여름은 신발도 벗지 않고 내 사원에 들어와 있다. 한 치의 오차도 없이 늙어 간다. 문학은 망각과의 싸움이다. 언어와 스크럼을 짠다. 너에 대한 기억이 부패하는 것을 막을 수는 없다. 쉽게 분노하는 일은 얼마나 촌스러운가. 망각에 대적하는 유일한 방법은 성장을 포기하는 것이다, 그러나⋯⋯

11

쉽고 간편한 절망을 위해서는 연애만 한 것이 없지. 사랑했던 일이 공치사 되어서는 안 된다. 종종 인연들은 막다른 골목에서 예정도 없이 튀어나왔으므로, 나는 그들과 격하게 부딪쳐야 했다. 사고거나 사랑이거나. 결국은 길을 내주어야 한다. 시간이 한곳에 고여 썩는 일은 없어야지. 잘 가거라, 내 시간들아. 영원히 살아서 흘러가거라.

12

열두 번째 애인을 기다리며 네게 편지를 쓴다. 흉내 몇 번 내다가 일이 커져 버렸다. 너를 위해 시를 끌어들이는지 시를 위해 너를 끌어들이는지 알 수 없었다. 네가 두고 간 여백은 아직 이렇게나 많다. 꿈과는 다르게 이것이 생시라는 걸 자각하고도 뜻대로 되는 것은 없었다. 도무지 기억나지 않는 내 필체의 문장이 있다면 아직 쓰이지 않은 것일 수 있다. 네가 뒷물하는 소리를 듣는다. 윤회가 헛돌고 있었다.

13

네가 꿈을 찢고 나와 내게 안부를 묻는다. 자신이 만든 극 중 인물과 조우하는 일은 무척 위험하지만 거역할 수도 없는 것. 그러니까, 나의 피조물이 스스로 말하기 시작했다는 것. 너와 실제로 말을 섞고 있으면, 이건 생시라기보다 내가 꿈을 여기까지 지배하게 됐다는 생각. 너는 여전히 아름답고, 근래의 꿈에서와는 다르게 아직 내게 친절하구나. 그래, 물론 이곳은 무대 뒤편이니까. 언제 한번 만나, 총천연색의 너와 미치도록 자고 싶어. 인간은 같은 시를 끝없이 반복한다.

14

그렇군요, 당신이 제가 사랑했던 사람이군요. 이해가 돼요, 제가 반했을 만하달까요. 이런 말은 이상하지만, 처음 보는 제게도 당신은 충분히 아름답네요. 당신을 보고 나니, 내가 조금은 나 같다는 생각이 들어요. 제가 시를 썼었다고요? 그건 흥미롭기도, 조금 슬픈 일이기도 하군요. 꿈속에서, 아무도 달래 주지 않아 울음조차 잃어버린 아이를 내내 지켜봤는데, 그게 혹시 나였을까요? 그러나 미안해요, 도무지 당신이 기억나지 않아요.

15

빨고 만지고 핥아도 결국 너를 열지는 못했다는 생각. 나는 불순해서 그리움을 완성하지 못한다. 너는 여기 있으면 안 되는데. 속죄인 동시에 죄악인 나의 글쓰기. 미친 사람으로 보일 수도 있을 것이다. 귀신과 실랑이를 벌이는 자가 보통의 눈에는 응당 그러하듯이. 당신은 오늘부터 내 인생에서 해고야, 하고 속삭여도, 거짓말은 우리를 얼마나 안전하게 지켜 주었는지. 우리의 진심은 얼마나 위험한지.

16

누군가 너를 이토록 잊지 못하는 것이 재밌니? 누군가
너 때문에 빌빌대는 꼴이. 적어도 넌 이 문장들을 당장 멈
추라고 했어야지. 권위적인 너야, 사랑하지도 않으면서,
너 같은 게 뭐라고. 운명 같은 건 필요할 때나 믿는 거야.
어쩔 수 없이 난 비극에 민감하거든. 난 네 파수꾼이 아니
란다. 어째서 난 화가 나도 비유로만 말해야 하는 거니?

17

그래요. 내가 다른 사람의 남편이 되어 간다는 것. 당신이 다른 사람의 아내가 되어 간다는 것. 혼자 있을 때나 펼쳐 보는, 우리가 겨우 서로의 해괴한 버릇 같은 게 되어 간다는 것. 혹은 아이들 없는, 모처럼 한적한 오후의 섹스 뒤에 이어지는, 지난 가십거리나 되어 간다는 것. 그래요. 당신이 나와 상관없는 아이의 어머니가 되어 간다는 것. 내가 당신과 상관없는 아이의 아버지가 되어 간다는 것.

18

복사열이 채 가시지 않은 기억을 거닌다. 너는 그 많은 추억들이 우리의 것이 아니라 나의 것이기만 하다는 듯한 표정으로 마주 앉아 있다. 너는 담요 위에 엎드려 책을 읽고, 나는 네 옆에 누워, 진자처럼 움직이는 네 눈동자를 올려다본다. 이별 이전과 이후를 왕복한다. 다른 여자를 품에 안고 잠들어도 네 꿈을 꾼다. 고통은 고통을 당긴다. 슬픔의 표면장력이다. 간신히 이 기억의 수면 위를 거닌다.

19

응, 이젠 잊어야지. 온갖 음탕한 말을 하며 너를 만질 때 나는 너를 사랑하고 있다. 네가 내게 배설 욕구를 스스럼없이 얘기할 때 나는 너를 사랑하고 있다. 이별 후의 연서는 리벤지 포르노 같은 데가 있다. 우기에 나는, 언젠가 네가 내 손에 쥐어 준 보랏빛 낡은 우산만을 아직도 꼭 들고 다니네. 거친 비라도 쏟아지면, 그 우산 속에서 나는 줄줄 새는 비를 다 맞고 서 있네. 응, 이젠 잊어야지. 하는 거 봐서.

20

다시 일주일이 지났다. 여름은 길고, 내 지식은 허약하다. 너를 그 시절에 얻어 온 풍토병이라 칭하는 것 외에, 이제 어떤 말을 해 줘야 할까. 사실 어제도 네 꿈을 꿨지만, 잘 기억나지는 않아. 머리맡에 메모장을 놓고 잠들어도 네 꿈을 기록하지 않는다는 건, 더는 의지가 없거나, 너와 하필 애널 섹스하는 꿈 따위를 꿨다는 거겠지. 가끔 생각해, 그날 밤 네가 나와 주지 않았더라면 어땠을까. 꿈은 공간이 지배한다; 나는 종종 네 안에 있다. 망가진 인생을 겪는 일이 아주 조금 뒤로 미뤄졌을 뿐이었겠지, 쯧쯧.

21

가만히 있어. 네 앞섶을 열고, 저지하는 네 손을 잡으며 말한다. 너는 그 말이 너무 야하다고 한다. 생애 처음 만지듯이, 네 작은 가슴을 움켜쥔다. 저희가 준비한 여름은 여기까지입니다. 가만히 있어. 거기 가만히. 너 가는 뒷모습을 보며 천박하게 말했다.

22

미래의 방향은 대체로 조악해서 이후의 불행을 짐작해 보고는 한다. 너는 보라색 잉크가 든 만년필로 종종 편지를 써 주고는 했지. 반으로 접은 종이를 펼쳐 한쪽 면에 너를 위한 편지를 쓴다. 데칼코마니처럼, 잉크가 마르기 전에 접어 밀착시키면 네 답장이 찍혀 나올 것 같다. 그러고는 짝을 이룬 날개로 날아가 버릴 것만 같다. 오래된 것은 통속가요라도 영적인 데가 있고, 너는 내 오랜 기억 중 가장 현대적인 것. 사실 나는 어떤 것에도 감흥이 없다. 내 노트에 불구의 나비가 가득하다.

23

우리 좀 이상해, 그치? 내가 미쳐 버린 건지도. 너와 내가 지난날의 우리를 연기하며 살가운 애인인 척하고 있다. 네가 막차 시간을 알아봐 주던 시간에, 이제 나는 느리게 네 야윈 몸을 쓸어 본다. 내가 아끼는 거 알고 있지? 응. 그럼 됐어. 누구나 실감 나는 그리움을 위해 후회할 거리 몇 개쯤 남겨 두는 거다.

24

그리움을 그러모은다. 사실 잘 모르겠어. 이게 과연 사랑이 맞는 건지. 그러나 나에게는 여러 개의 진심이 있고, 오늘은 서툰 자들의 진심이 슬프다. 다각도로 찬찬히 살피며 이 감정들을 감정한다. 외설 시비에 휘말린 기도 같아. 혁명과 관습. 우리는 반드시 실패로 끝나야 한다.

25

의정부 경전철을 탄다. 비는 오지 않는다. 해가 적당히
기운 이런 주말 오후에 나는 종종, 이런 풍경이 가능한가,
과연 이런 풍경이 가능한가. 회룡을 지나 발곡을 지나 다
시 회룡을 지나 범골을 지나 경전철의정부를 지나 의정부
시청을 지나 흥선을 지나 의정부중앙을 지나 동오를 지나
새말을 지나 경기도청북부청사를 지나 효자를 지나 곤제
를 지나 어룡을 지나 송산을 지나 탑석에 이른다. 내려서
걷는다. 밥집에서 나는 오래 알고 지낸 사람과 대화가 거
의 없는 식사를 한다. 씨발 우리가 왜 헤어져야 되는데,
왜. 저녁이 온다, 의정부에, 이런 풍경이 온다.

네가 자꾸 나타나서 너를 훼손한다. 내가 적어 놓은 말들이 아닌 다른 말을 한다. 내가 맞춰 놓은 동선을 아무렇지 않게 벗어난다. 네 이름을 붙여 정성스레 일군 화원을, 마음대로 밟고 다닌다. 너를 두고, 너와 외도하게 한다. 나는 너에게서 순식간에, 너를 모조리 빼앗기고 만다. 아냐, 괜찮았어, 스스로 해 봐. 그래, 이제 너의 말을 해 봐.

27

나, 너의 집에 앓아누웠을 때, 너는 조용히 배숙을 달인다. 네가 너처럼 여윈 살림을 뒤져 밥상을 들여온다. 아직은 네가 나를 사랑하던 날들이고, 떨어진 꽃잎들은 여전히 붉던. 다시, 찬바람이 기억들을 여민다. 걱정과는 다르게, 우리가 헤어져야 할 이유는 많았어. 너는 꼭 원치 않게 낳은 아이 같다. 어쩌다가 너는 나를 구원해 버렸니? 너를 위해 쓴 시를 설명해야 하는 것이 슬펐다.

28

의인화된 나의 시, 네가 내 손에 콜드브루 한 병을 쥐여 주고, 네 손에도 하나 쥐고, 낮은 산행이 시작되고, 이건 닭의장풀, 이건 구절초, 이건 애기똥풀, 이건 왕고들빼기, 이건 쑥부쟁이, 이건 황매화, 네가 꽃들을 보며 이름을 줄줄이 읊고, 나는 사전을 뒤적이고, 이건 정확히 황매화의 변종인 죽단화래, 내가 말하고, 내가 너의 말을 부지런히 받아 적는다. 사랑은 왜 아픈가, 밑줄 긋고 싶은 문장이 많아, 네가 에바 일루즈의 책을 읽고, 나는 그런 네 얼굴을 한번 쳐다보고, 몰래 볼 필요가 없는 얼굴이고, 네 온몸이 성기 같을 때가 있어, 내가 말하고, 전에도 말한 적이 있어, 네가 말한다. 네가 코바늘과 뜨개실을 꺼내 풍경을 엮고, 나는 사람들이 지나가기만을 기다리고, 너를 졸라 입을 맞추고, 오늘은 꼭 젊은 엄마의 휴무일 같아, 어린 내가 말하고, 네가 나와 함께 있어 주고, 너와 내가 나란히 걷는다. 너를 안기 위해서라면 나는 전 재산이라도 탕진하고 싶어, 나는 너와 누워서 네 가족사를 듣고, 네 등을 밀어 주고, 너를 만지고, 잠든 너를 오래 쳐다본다. 요의를 참지 못하고, 바지를 다 적셔 버리듯 나는 네게 사랑한다고 말해 버리고, 너는 아무 말 없이 듣고, 그런 침묵이 나쁘지는 않고, 나는 네게 맛있는 걸 사 주고 싶고, 너무 슬프지는 않은 시를 써 주고 싶고, 언제라도 아름다운 네 옆구리를 감싸 안고 싶고, 네 이마의 주름마저 아름답던 오늘. 우릴 기억하는 것 같아, 네가 커피를 주문하고 돌아오며 말하고, 나는 카페 여주인을 한번 쳐다보고, 다시 너를 쳐다보고, 나는 너의 그 말이 참 좋았던 것 같고, 시를 읽는 너를 한참 동안 바라보고, 몰래 볼 필요가 없는 얼굴이고, 햇살이 와 있다, 그때의 그 햇살이. 마치 연애가 계속돼 왔던 것처럼 너와 나는 잠시 다투고, 나는 네가 낯설어 급하게 사과를 하고, 네 기분을 살피고, 나는 비굴하고, 병신같이 너를 사랑한다. 보고도 못 믿겠어, 겪고도 못 믿겠어, 너는 꼭 신기루같이, 나는 꼭 미래에 막 다녀온 것같이.

29

　수집한 풍경을 하나둘 분실하고 있다면, 분실의 풍경을 보고 있다면, 그곳에 너무 오래 머물렀다는 증거다. 예언자는 사실 미래를 피해 달아나다가, 과거로까지 가서 영영 발이 묶여 버린 사람이다. 한마디로 그는 죽은 사람이다. 한없이 따뜻하다가도, 끝내 너는 주검처럼 차가워지고 만다. 너 역시 내 안에서 이미 한번 죽었다는 것을 실감한다. 일괄적으로 슬퍼진다. 알아, 나쁜 여자를 사랑하게 돼 버린 걸 어쩌겠니, 귀신 들린 듯이. 나는 선뜻 답하기 어려운 질문 몇 개를 던지려고 한다.

30

네 서재에 꽂혀 있던 책들을 기억나는 대로 구해 한 권씩 읽어 나간다. 정색하고 곤봉체조하는 기분으로. 어떤 날에, 나의 읊조림은 통화하며 끼적이는 낙서 같다. '독서는 세계가 던지는 질문에 나 자신이 정확히 어떤 답을 가지고 있는지 알아보기 위한 작업이다. 결국, 저 심연에서 기다리는 나를 찾아가는 모험인 것이다' 너를 더 알고 싶어. 편견을 버리기 위해서는 편견을 학습해야 한다. 세계를 응시하면 기껏해야 들려오는 말은 이런 것이다. 제 얼굴에 뭐 묻었어요?

31

너는 언제쯤 역겨워질까. 우리의 그리움은 각방을 쓴다. 이불을 뒤집어쓰고, 전화기 너머로 시를 읽어 주거나, 들려오는 네 목소리를 듣는다. 그해 겨울, 기록적인 슬픔이 왔다. 너를 위해 나는 어떤 악습까지 중단할 수 있나. 우리는 혜안이 없다. 마지막이라 생각하고, 말한다. 마지막이라 생각하고, 듣는다.

32

스테이플러에 새 철침을 끼워 넣으며 생각한다. 나는 네게 아직 소비할 것이 남아 있는가. 네가 뜨개실로 연습 삼아 떠 준 컵 받침을 만지작댄다. 결국, 나는 다시 끈기 없이 도망치고 말 거야. 다음 일기의 형식을 구상하며, 너의 배역을 내내 고민한다. 일요일, 월요일, 화요일, 수요일, 목요일, 금요일, 토요일. 광대무변한 일주일을 보낼 것이다. 알고 있나요, 우리 단 한 번도 대화해 본 적 없다는 사실.

33

난 뒤에서 안아 주는 게 좋더라. 인연은 어떻게든 다시 만난다는 말을 믿는 편이다. 술에 취해 내뱉은 기억나지 않는 말을, 함께 술추렴하던 이의 입을 통해 전해 들을 때, 쉽게 수긍되지 않는다는 건 어떤 의미일까. 내 말이 아닌 것만 같은 말들. 나는 네가 내 희망이라고 했다는데, 그건 꼭 내가 나에게 거역할 수 없는 명령을 내리고 있는 것만 같아서. 희망이라니, 이런 슬픈 클리셰라니. 네 배후가 되고 싶었다. 우리가 인연이 아닐까 봐 두려웠다.

34

월량대표아적심, 이 노래도 언니에게 배웠더랬는데. 끝말잇기라도 하듯 네 마지막 말로 시작하는 시를 쓴다. *내 사랑은 변하지 않을 거예요, 달이 나의 마음을 표현하고 있죠.* 등려군의 노래를 듣는다. 오늘의 나는 적어도 어제의 나보다는 영리해져 있고, 너는 그만큼 더 멀어져 있다. 너를 흥얼거리며, 너와 상관없는 일을 하고, 네가 아닌 다른 사람들의 꿈을 꾼다. 너를 위해 쓴 문장을 매물로 내놓았다. 그런 연애시는 모두 너에게서 배웠더랬는데.

35

관객들은 모두 내쫓았다. 텅 빈 객석 앞에 서자 오히려
더 할 말이 없어졌다. 지금 나는 살고 있는 것이 아니라,
삶을 연습하는 것에 지나지 않는다는 생각. 진솔한 사랑
일수록 그악스러워 보이게 마련이다. 나는 돌아오지 않는
여행만을 떠나고 있었다. 다치지 않기 위해 정신을 사리
는 일은 없지만, 모든 것이 지적 설계로 이루어진 슬픔은
아닌지 문득 두려워졌다. 이 시에 묵은 지 오래되었다. 조
금만 더 잘게, 삼십 분쯤 뒤에 깨워 줘.

36

　우연을 필연으로 만드는 놀이도 이제는 조금 시들해졌
어요. 인생은 따분해요. 간밤에 혹시나 죽은 셀러브리티
는 없는지 아침부터 신문을 뒤져요. 낯설게 보려고 거리
를 두다가, 아주 볼 수 없게 돼 버렸네요. 나한테 왜 그랬
어요. 이런 글쓰기가 다 뭔가요, 당신을 못 잊고 있다는
것을 증명하는, 일종의 요식행위일까요? 당신을 가질 수
없다는 건 참 재밌어요. 안타까워할 수 있는, 아니 슬퍼할
수 있는 즐거움.

　　무언가가 나릿나릿, 그러나 쉬지 않고 흘러간다. 사랑의 이름으로 기억에 남을 텐가, 아니면 혐오의 이름으로 곁에 남을 텐가. 내 절반의 생애에는 아무도 부러워하지 않는 연애만 몇 번 있었다. 운명은 나를 함부로 이용하고 버리는 것이다. 깨달았다면 시는 불가능하다, 시는 질문이므로. 너조차 기억 못 하는 너를, 홀로 기억하느라 나는 반 미치광이가 되었다. 내 첫 시집이 네 서가 어디쯤에서 먼지 쌓인 채 바래 간다. 별안간 너를 사랑했다.

38

나는 너를 속되게 이르는 말. 방법을 모르니 인생은 영 재미가 없다. 개찰구를 사이에 두고 입 맞추던 일이나, 낯선 연립주택 불 꺼진 계단에 나란히 앉아, 미성년처럼 서로를 더듬던 일만 생각난다. 사실상 네가 관내분만한 슬픔이 이만큼이나 자랐다. 그리고 나의 활유 속에서 꽤 유복한 생을 누린다. 시인은 출구가 없는 미로를 그려서는 안 된다. 절망이라는 진부한 단어를 쓰고 싶지 않아서, 절망할 수도 없었다. 나는 심각한 정서 학대를 당했지만, 전혀 재밌지 않은 농담에도 아주 재밌다는 듯 실감 나게 웃어 줄 수 있다.

39

그날 오후, 나는 실패한 예술가처럼 서 있었다. 모두 안타까워했지만, 시를 궁금해하는 사람은 없었다. 피딱지로 형편없는 손가락들을 보며, 어떤 불안이 내게 엄습해 오고 있는 것인지 짐작해 본다. 너는 일 년 내내 세워 둔 크리스마스 장식 트리 같다. 등장인물에 너를 이입해 읽으면 슬프지 않은 소설이 없었다. 이제 내게 어울리지 않는 짓은 웬만해서는 하고 싶지 않다. 내가 너무 차가워진 것은 사실이지만, 나는 너무 짓궂은 농담을 던지는 삶에 정색하는 것뿐이다. 우리의 기형이 다시 저물고 있었다.

오랜만에 한번 안아 보자. 너는 웬일인지 꽤 오래 내게
안겨 있다. 나는 고작 가르마를 바꿔 보는 정도의 협소한
자유 안에서 세계를 도모한다. 너를 떠나보내기 위해 시
를 썼지만, 결국 네게 빈총만 겨눈 셈이다. 너를 위해, 혹
은 나를 위해, 말없이 떠나는 일도 이제는 모두 포즈에 불
과하단 생각이 들어. 우리가 갖지 못한 윤리를 공부해 보
자고, 또 에세이 쓰기를 통한 교학상장을 해 보자고 서로
에게 제안했다. 네 여윈 몸을 쓸어 보고 도닥여 보고 주물
러 본다. 이 느낌을 기억할 거야.

41

불과 며칠 전에는 '네가 나를 좋은 사람이라고 착각하자 나는 정말로 좋은 사람이 되고 싶어진다.'라는 문장을 썼고, 불과 몇 시간 전에는 내게 작은 코바늘 꾸러미를 선물받고 아이처럼 기뻐하던 너를 떠올리며 '날마다 네게 더도 덜도 말고 딱 한 개씩의 기쁨을 꼬박꼬박 쥐여 주고 싶다.'라는 문장을 썼다. 네 불규칙한 식사를 차갑게 지적하고, 네 잔병치레를 보며 지루한 걱정을 해 준다. 사실상 너는 내 말을 귓등으로도 듣지 않는다. 아무리 해도 내 진심은 네게 가닿지 않는다. 내 진심은 생각보다 이물질로 그득할 수도 있고, 애초에 그럴싸한 모조품일 수도 있다. 도무지 진심이라는 것은 어떻게 구분할 수 있나? 나 같은 딜레탕트로서는 네게 어울리는 연애시를 써 주는 것이 도저히 불가하고, 역시 고루한 합리화나 해 보이고 마는 것이다. "반드시 진심일 필요는 없다. 진심을 연기할 수 있다면 당신은 이미 어른이다."

42

너는 내 아버지보다도 날 사랑하는 것 같아. 그건 너의 말이었고, 나는 내가 없으면 조금은 슬프겠냐고 네게 물었다. 사이시옷처럼 갸륵한 너와 누워 있던 날이고, 자고 가라는 네 말을 잘 가라는 말로 잘못 알아듣던 밤이었다. 나는 시 아니라 시 비슷한 것을 쓴다. 너를 위해 양각으로 새겨 둔 문장을 홀로 베고 누워 너를 생각한다. 너를 사랑하는 일이 기벽으로 느껴질 때도 있다. 너를 생각하면 떠오르는 한낱 감정들이 나와 함께 늙어 간다. 혹시 몰라서, 너를 사랑해 두었다.

면접은 역시 떨리네요. 콩트 주제가 '잊을 수 없는 그 사람'이었죠, 재밌네요. 저는 시를 써 보려고 해요, 행운을 빌어요. 같은 방향이군요, 같이 가시죠. 아, 여기서 내리시는군요, 저는 조금 더 가야 해요. 잘 가요……, 나는 당신을 앞으로 얼마나 오랫동안 그리워하게 될까요. 당신, 알고 있나요? 우리는 다시 만나게 될 거예요.

44

일일이 해명하기가 번거로워 입을 닫은 나는, 조금 이상하고 어둡고 나쁜 사람이 되어 간다. 정확하게 말하는 것 못지않게 정확하게 듣는 것도 중요하다. 내 언어의 목을 베면 더는 네게 이르지 않을까. 사랑과 믿음이 반드시 한 몸은 아니다. 사랑이 눈머는 것이라기보다 눈감아 주는 것이듯. 믿을 수 없게도 너는 나를 사랑하던 때의 얼굴로 내게 사랑한다고 말한다. 설령 그것이 아주 일시적인 감정이든, 고마움에 달리 보답할 방법이 없어, 우울해져 있는 내게 내리는 손쉬운 극약 처방이든. 안됐지만 불행에 관해서라면 당신이 생각하는 것이 맞다.

너를 만날지도 몰라 저녁에는 일부러 양파를 먹지 않았
다. 너는 침대 위에서 종종 야한 말을 해 달라고 한다. 침
대 위에서는 가장 야한 말이 가장 시적인 말이다. "찻잔
을 앞에 두고, 너는 실을 엮는다. 나는 무딘 언어 끝에 우
리의 한 타래 시간을 엮어 너의 목에 둘러 준다. '이런 간
섭은 좋네.' 네 말을 액자에 담아 벽 어디쯤 걸어 둘까, 생
각한다. 너를 앓는 일이, 내 오랜 질병과 마주 앉아 밥을
먹고 차를 마시는 일이, 기록할 만한 임상 사례라 칭할 만
했다." 밀폐 용기에 문장 몇 개 서둘러 담아, 설 쇠러 가
는 네 가방 안에 담아 준다. 이제 시간이 얼마 남지 않았
는데, 할 말이 없고, 할 말은 아직 많고, 할 말이 아직 많
은데 할 말이 없고, 할 말이 없는데, 시간은 얼마 남지 않
았고, 할 말은 아직 많이 남아 있고, 분명 할 말이 많이 남
아 있는데, 할 말이 없고. 나는 하릴없이 네 눈을 들여다본
다. 내 눈부처를 본다.

46

시각장애인들이 운영하는 찻집에서 너를 기다린다. 뜨거운 자몽차를 마신다. 이별 뒤에 시작한 글이지만, 꼭 돌아오라는 의미는 아니었다. 너를 교화하기가 쉽지 않다. 아니, 교화할 수 있다는 착각을 버리기가 쉽지 않다. 나는 정답이 아니라 재미있는 오답을 내놓을 만큼 현명하지는 못하므로. 찻물 위에 뜬 내 슬픔의 데콜라주를 본다. 아직 도래하지 않은 거리에는 다 식어 버린 그리움의 해적판들만 나돌고 있다.

이것 좀 널어 줘. 네 속옷 빨래를 널며, 우리의 도덕적
해이를 생각한다. 우리는 요령껏 서로를 이용한다. 너를
졸업해야 하는데, 아직 결론에 이르지 못했다. 이렇다 할
사이가 못 되는 우리는 사소한 기념일을 챙기거나, 누군
가 소개받는 일을 정중히 거절하는 것으로, 서로에게 소
규모의 복지가 되어 준다. 그러나 너는 이제 내 촌스런 불
안을 애써 부인하지도 않으므로, 비로소 나는 너를 떠나
기로 한다. 너를 통해 기탄없이 슬퍼해 보았다. 가정집 냄
새가 훅 끼친다.

48

어느 날은 너를 보면 너는 없고 웬 악령 하나가 네 자리에 있다. 너는 네가 죽었다는 사실을 아주 잊고 있는 것 같다. 어느 날은 껍데기만 남은 너를 본다. 그러나 내가 사랑한 것이 사실 네 껍데기였다면? 펜촉을 끼운 내 짧은 다상량을 쥐고, 네가 얼기설기 엮어 온 시간을 첨삭한다. 너는 살점을 다 발라먹고 난 뒤의 뼛조각 같다. 해운대 백사장을 걷는다. 문명과 자연 사이, 혹은 서로 다른 감정 사이, 그곳에서 나는 모두의 편인 듯이, 어느 편에도 속하지 않은 듯이.

문장 속에서는 너도 나를 애인이라 칭해 준다. 작별 인사말은 충분히 챙겨 주었으니, 언제든 우리 헤어지는 날, 너는 이어폰을 귀에 꽂고, 마음에 드는 말을 골라 들으면 된다. 마지막을 의식하는 건 아무래도 촌스럽겠지. 다른 사람을 사랑해 보고 싶다. 네 말처럼 우리 사이가 어떻게 될지는 아무도 모르지. 내가 너를 평생 못 잊었으면 좋겠다고 했었니? 그래, 사랑해, 너뿐이야, 나의 영원한 여자 친구, 참 거지 같은 년. 빈말처럼 재미없는 게 또 있을까.

50

어느 날 너는 사라졌다. 처음엔 너와, 다음엔 네 부재와, 다음엔 너와 네 부재가 양립하는, 표현할 수 없는 어떤 것과 연애했다. 나쁜 기억만을 동원해 너를 애써 미워할 때가 있는 것은, 그렇지 않으면 감당할 수 없을 정도로 슬퍼지기 때문이다. 꿈은, 결국 이루어졌다고 해도 그것이 더는 놀라운 일이 아닐 때 이루어진다. 너는 여전히 놀라운 사건이고, 우리의 이별은 너무 자연스러워 이제는 감각하기가 어렵다고. 마지막 편지는, 역시 쓰지 않는 것이 좋았다. 어느 날 나는 사라졌다. 사라져 버렸다.

제2부 대자연과 세계적인 슬픔

세계와 외피를 공유한다.
나는 세계의 바깥이다.

빅 픽처

잊을 만하면 편지가 왔다

잘 지내?

몇 번의 답장이 오간다

너를 증오하기 위해
나는 네 목소리를 알람 소리로
맞춰 놓은 적도 있는데

너를 만나는 일은 다시 재생되는 연애
동반 자살한 너와 내가 부활하는 일

너와 나는 다시 소원해진다

잘 지내.

형편없는 버퍼링

도돌이표를 찍을 때마다

알레그로
알레그로 디 몰토

흰긴수염고래 그림 조각처럼
모스부호처럼

잊을 만하면 편지가 왔다

다시는 만나지 말자는 편지가

나의 여자 친구, 모호

이를테면 내 이름을 부를 때 네, 라고 대답하는 것이다. 나는 '내'와 '네'의 발음을 구분할 줄 모르니까.

겨드랑이 무성한 오후다. 이국의 밤거리를 걷고 있을 너의 빈 자취방. 메마른 수음 끝에 설핏 잠이 든다. 네 입술이 배회하던 설렘과 설레임 사이. 너를 사랑한다기보다는 부끄럽지 않은 탈의와 너의 아말감을 사랑해. 우리가 나눈 미개한 취향들. 그러나 고백할게. 네 부재에도 살가운 내 안녕을. 네가 없으면 나는 제법 의젓한 편이야. 나는 네가 틀린 맞춤법이야. 내 앙증맞은 치부를 만져 주겠니. 공항에서 건넨 선물은 풀어 보았을지. 달콤한 권태를 담았는데. 마주 서면 한없이 불어나는 거울. 우리라는 개인은 칭격 너머에 있다고 하자. 이러고 있다.

낮잠에서 깨면 어김없이 나는, 아침인지 저녁인지 알 수 없는 이상한 시차에 놓여 있다. 이곳을 허기의 층계참이라 불러도 좋을까. 모든 어스름에 네가 서 있다.

어서 돌아와. 너를 태운 기체가 추락하며 만드는 비행운을 상상하기 전에. 호칭들을 잔뜩 준비해 두었어. 너의

삶에 누워 네 손등에 내 귀지를 묻히고 싶다. 너에게 위탁
한 내 귀여운 희망들을 보고 싶어. 오늘까지만 나는 너에
게 편파적일 예정. 네가 없는 서울은 시적이지만 너무 가
파른 호외다.

　모호, 나의 여자 친구.

여름성경학교

첨탑의 십자가가 하늘에 대고, 누적된 것을 긁는다. 죄일 수도 희망일 수도 있는. 예수는 지금쯤 교회 지붕에서 투신할 준비를 마쳤을지. 어린이들은 긍휼이라는 달고 시원한 빙과를 조금씩 녹여 먹고 있었다. 올해도 심판은 불발. 나는 어젯밤 술이 덜 깬 일개 교사이며, 성경을 완독한 적이 없다. 상처는 때로 훌륭한 장난감일까. 새 신자의 자살 소식이 들려오고, 그의 어린 아들은 환한 웃음을 짓고 있다. 연이어 밀알 같은 물풍선이 망설임 없이 터진다. 헌금할 돈은 종종 빠뜨리지만 꼬깃꼬깃한 연민은 주머니에 늘 두둑하므로, 죄질에 상관없이 우리는 모두 형제자매들. 해외 선교를 준비하는 청년들이 바자를 열고, 권사들은 그들에게 봉헌하고 있다. 유년을 같이한 몇몇 청년들은 전도사가 되어 사역하러 나갔지만, 나는 여전히 나의 죄가 무엇인지 모른다. 지폐 몇 장이 속죄가 될 수는 없다. 그러나 종종 내 심장을 애무하는 목사의 공수에는 톡톡히 화대를 치르는 법. 어떤 몰약이 모태에서 물려받은 원죄와 신앙을 씻어 낼 수 있을까. 뱀은 늘 흥미로운 상징이며, 내 오래된 성경책의 얼룩진 앞 장에는 익사한 활자들이 몇 개의 계명을 힘없이 떠받치고 있다. 교회에서 받은 성금 통은 나날이 무거워지는데 아무리 생각해도 가장 불우한 이

옷은 가족이다. 가족은 늘 신보다 먼저 나를 용서하고, 나는 매일같이 그 형벌을 구걸한다. 예수님의 이름으로 기도한 날은 온종일 입맛이 없었다. 주일이면 꼭 회개하는 육일간의 탕아. 굴종은 오랜 나의 학습이다.

여름성경학교

부직포로 만든 예수의 가면을 쓰고,
어린이들을 보듬어 준다.

그중 한 아이가 내 귀에 속삭이길,

하나님인 척 마세요.

무얼 잘했는지도 모르고 일단은
참 잘했어요.

그래 사실, 모방할 것이 없으면 불안했던 것.
너와 나는 서로를 흉내 내는 거울에 불과했나?
결국 우리, 끝까지 이길 수 없는 가위바위보를 하고 있
는 것.
너는 언제까지 침묵하고만 있을 셈인지.
너라고 불러서 화가 난 거니?

짓궂은 불행이, 내가 쥔 성스러운 마리오네트의 끈을
툭툭 끊고, 달아나는 것을 본다.

십자가에 걸어 놓은 내 밀랍 인형을 떼 낸 뒤 나도 모르
게 그만 두 손을 모으고,

　　신이여 다만……

　　인간의 가호가 있기를.

　　나는 조금 지쳤다.
　　아니 조금 삐쳤다.

이웃에 방해가 되지 않는 선에서

종로3가역 구내에 모여 앉은 노인들이 비둘기 떼 같다는 생각에는 변함이 없다. 오래 상상한 미래들이 큰 어긋남 없이 찾아온다. 불시(不時)만이 내 안식처. 역사를 나와 인사동까지 걸어가는 동안 갓 태어난 슬픔이 잠투정을 해 댄다. 산책, 고독한 자의 체육. 이 흉한 고독을 국소 마취하는 방식.

이국의 악사가 몇몇의 연인들에 둘러싸여 바이올린을 켜고 있다. 그에게 내어 줄 만한 것이 수중에 없으므로, 모르는 척 지나가기로. 비쩍 마른 음계가 구걸하는 빈국의 아이들처럼 몇 발자국 따라오다가 이내 멈춰 선다. 그래, 그게 예의라는 거지. 얼핏 나는 예의 바른 사람 같다.

내 표정을 측량하며 시간을 빌리려는 낯선 이. 그에게 대꾸조차 않는 건 그를 믿지 않아서가 아니라 내 오래된 불행을 새삼 확인하고 싶지 않아서다.

조계사의 문 열린 법당 밖으로 절하는 여자의 엉덩이골이 보인다. 불상 앞에서 뒤돌아 절을 한다면 그것은 성인에 대한 모욕일까, 예우일까. 뒤돌아선 사람의 낮은 알 수가 없지.

　죽고 싶은 동시에 죽이고 싶은 사람이 있다. 그와 나, 둘 중 더 외로운 사람은 누구인가. 제법 살집이 오른 불상을 보며 종교의 보호색 같은 것을 생각한다. 교회를 처음 나갔을 때 받은 선물이 무엇이었는지 잘 기억나지 않는다.

　붓다여, 오늘 이 청승은 당신만 알고 있기예요. 그렇다고 개종했다는 건 아니고. 당신과 연애하자는 건 더더욱 아니고.

　식당 여자가 잘못 내온 음식 앞에서 습관적으로 식전 기도를 할 뻔했다. 홀로 식사하는 사람들 모두 이어폰을 끼고, 저마다의 오늘을 감추고 있다. 자신의 눈을 가리고, 자신이 보이지 않을 거라 생각하는 어린아이처럼.

　거리에 벤치들이 간헐적으로 놓인다. 피로하므로 오늘은 와불이 되고 싶다는 망상. 이 국지성 불안이 시가 되는 선에서. 이웃에 방해가 되지 않는 선에서. 침대는 왜 공공시설이 될 수 없는가.

●이웃에 방해가 되지 않는 선에서: 브로콜리너마저.

묘묘(杳杳)

무너지는 세계를 보며 너냐고 묻는다.

시는 이럴 때만 친한 척, 내 등 푸른 감정의 살점을 잘
도 발라먹는다니까?

착향탄산음료를 마시니 따가운 눈물이 고인다. 이런 와
중에도 나는 주머니 속 단어 몇 개를 뒤지고 있다. 망측해
라! 나는 이별까지 미화하는 사람이구나.

그러니까, 그날 새벽에 꾼 꿈은 모두 흉몽. 쉽게 풀어쓴
성경책 한 권이 필요해. 나 같은 괴물도 한 번쯤은 온전히
즐거울 권리가 있을 텐데. 하지만 물러서는 것이 좋겠지?
어서 멀리 도망가. 너에게 총을 겨누기 전에.

지독한 슬픔을 난반사하는 다각형의 고통이라니! 우리
가 교배한 각자의 농담은 결국 기형인 것으로 밝혀져. 너
는 슬픔마저 후원한 사람인데. 나는 너에게만 굴절된 인
간. 오로지 너만 나를 있는 그대로 봐 주었으므로. 헤헤.
그것은 사실입니다.

지금 어디야? 나 무서워. 너를 따라 죽은 신부의 미사를 따라갔던 날이 왜 자꾸 떠오를까. 너는 그토록 추하게 닭고기를 뜯는 나를 언제나 사랑해 주었지. 그러나 이제 네가 만든 속담처럼 우는 애인에게 혀를 물려 줄 수는 없는 일.

이제 와 이런 편지를 쓴다고,
화내지 마세요. 걷어차지 마세요. 안녕,

아니아니, 아직이야. 안 끝났다구.
자자,

여기를 봐, 작은 닭아.

무례한 슬픔들이 너를 두고 다툰다. 요즘도 난쟁이들이 등장하는 악몽을 꾸니? 내 일기장에 너의 조각난 잠꼬대를 탁본해 두었어. 네 꿈으로 들어가는 지도를 복원하려던 참이었는데. 기억나니? 동방의 어떤 나라에는 무식하고 귀여운, 또 다른 네가 있다고 했던 말. 타인들의 엉덩이를 뻥뻥 차고 다니는. 하지만 넌 산책 나온 작은 강아지조

차도 무서워하던 애. 그게 왜 무서워? 밟을까 봐. 이제 네가 기르던 원숭이는 몸을 긁는 일도 없겠지. 마치 문득 생각났다는 듯. 영문은 모르지만 우유는 여전히 혼자만 말을 안 해. 쓰러진 우유가 온몸으로 말해요.

아야

호놀룰루, 하고 웃으며 만화책을 읽고 있니? 변기 위에서 말야. 할아버지 흉내는 그만 내렴. 목이 다 쉬잖니. 마지막으로 함께 노래를 부르자.

삐용삐용! 삐용삐용!

까르륵.

이제 면봉을 들고, 내 귓속의 퓨즈를 내려 줘.

나답게 보내 줄게.
나답다는 건 뭘까?

안녀엉

(작고 힘없고, 어리석은 말투로)

메리 크리스마스 로렌스 씨

네 방에 들어서자 모빌처럼 달려 있던 크리스마스 장식들. 우리는 침대 위에 접이식 교자상을 펴놓고 다과를 들었지. 이제는 이름이 기억나지 않는 작은 곰 인형도 함께였어. 그 아이는 잘 있니? 그날이면 꼭 셋이서 함께했는데. 그 아이의 앞 접시도 꼭 놔 주었지. 내가 시선을 잠시 돌릴 때마다 조금씩 비어 가던 그 아이의 접시와, 재빨리 입을 슥슥 닦던 너. 돌이켜보건대, 그때의 나날들을 단 한 문장으로 요약할 수 있다.

네가 나를 즐겁게 해 주려고 하고 있다.

시인이 가오가 있지, 이런 표현은 좀 그렇지만, 이런 죽은 비유는 정말 안 쓰려고 했지만, 너는 정말 천사 같던 사람. 다시는 없을 사람. 나로서는 그렇게밖에 표현할 도리가 없는 사람. 그래 정말이지, 네 앞에서는 가면 같은 거 쓰고 싶지 않아.

오랜만에 선생님을 만났어. 그래, 너도 아는 그 선생님. 당연한 걸까, 네 얘기도 했었는데, 너만 생각하면 너무 미안해서 괴롭다고. 내 편을 들어준 걸까, 그 선생님다웠다

84

고 해야 할까, 뭐가 미안하냐며 오히려 비웃더라. 아니, 내가 미안하다는데 왜 지가 지랄인지, 그이는 내가 얼마나 개망나니인 줄 몰라서 그래. 그렇지? 걱정 마, 나 아직 그 선생님 좋아해. 그리고 너도 알다시피, 누구라도 깔 수 있다는 건 다름 아닌 그 선생님한테 배웠으니까. 근데 말야, 요즘은 그 선생님이 시인이 아니라 꼭 성직자 같아서, 이제 자주 보고 싶지는 않아.

같은 음악을 반복해서 들으며 이 편지를 쓰고 있어. 이런 걸 시라고 할 수 있는지는 모르겠다. 그래, 메리 크리스마스 미스터 로렌스. 거짓말 안 하고, 이 음악을 한 천 번 이상은 들었을까. 거의 하루도 빼놓지 않고 듣던 때도 있었으니까. 꼭 네 생각을 하려고 듣는 건 아니지만, 듣고 있으면 네 생각이 자연스레 떠오르는 건, 부인할 수가 없다.

기억나니? 사카모토 씨가 내한했을 때, 공연장의 맨 뒷자리에 앉아서 그의 연주를 듣던 거. 뒷자리 부근도 아니고, 우리 바로 뒤가 벽인, 진짜 2층 맨 끝. 나름 고학력자인 네가, 대여한 쌍안경을 거꾸로 들고 그 먼 곳을 응시하던 것과 바이올린을 연주하던 주디 강 씨를 입 강이라고

놀리던 것. 입 강, 아니 주디 강 씨는 그런 걸 과연 상상이
나 했을까. 하여튼 재밌는 사람. 네가 좋다고 했던 '1919'
를 연주하던 중간에 일어서서, 피아노 줄을 잡아당긴다고
해야 하나, 긁는다고 해야 하나, 아무튼 색다른 소리를 내
던 사카모토 씨와 그걸 또 따라 하던 나. 그런 게 문득 그
리워진다. 몰랐는데, 그 기괴한 소리가 지금 들어보니 짐
승의 울음소리 같더라.

시를 이렇게 써도 되냐고, 혹시 이래도 되냐고 묻고 싶
니? 아무리 세련된 독자인 너라도, 이런 게 시로 가당키나
하냐고 따지고 있니? 풋, 괜찮아. 안 그래도, 혹자들은 내
시의 리듬이 어떻다느니 호흡이 어떻다느니 하는데, 상관
없어. 어차피 내 시집이잖아. 조또, 나 시 그런 거 몰라. 엄
살 아니고 진짜. 시가 무슨 밥 먹여 주니?

오빠 안심해, 이 언니는 오빠가 이상한 사람인 거 알아.
친한 언니에게 날 소개하며 네가 했던 말. 그래, 보아 언
니 말야. 지금도 나는 그 말만 생각하면, 하하호호 하고,
어찌나 웃어 대는지.

보내 준다고 한 네 책들을 아직도 못 보냈네. 그 책들을 보내고 나면, 정말로 너를 보낸 기분일 거 같아서, 라고 주변에 말하곤 했지만, 곧 다른 여자랑 연애하고 그랬어. 이렇게 내가 못났어요. 근데 그건 진심이었어.

안심해. 네가 다시 돌아왔으면 좋겠다느니, 너와 다시 시작하고 싶다느니, 그런 의도는 아냐. 나한테 너 같은 사람이 가당키나 하니.

근데 그건 그렇고, 대체 로렌스가 누구여?

●메리 크리스마스 로렌스 씨: Ryuichi Sakamoto, 「Merry Christmas Mr. Lawrence」.

욕조의 품

—

안아 줘.
남김없이.

인간의 육체는 이토록 불완전하구나. 사랑하는 이를 온
전히 안을 수도 없을 만큼. 포옹이란 결국, 기껏해야 가
느다란 두 팔로, 채워 줄 수 없는 결핍을 가늠해 보는 일
이구나.

네 꿈속에서 내가 모르는 내 친구가, 함부로 너를 만
진다. 내가 없는 틈을 타서. 울고 있는 너를 두고, 돌아온
내가 아무 말없이 그렇게 있다. 마치 어쩔 수 없다는 듯.
그런 나를 꾸짖는 너의 언니와 친구를 두고, 너는 꿈 밖
으로 걸어 나온다. 나와 함께. 아니, 내가 너와 함께. 너
의 언니와 익명의 친구는 지금쯤 너와 나의 장례를 치르
고 있을 것.

이대로 썩어 버렸으면 좋겠어, 너를 껴안고 고백한다.

가혹한 슬픔을 방치해 두고, 한 번쯤은 너와 이 세계를
퇴장하고 싶다. 우리들의 생시로 돌아가 보고 싶다고. 바

라옵건대, 하나님.

"내 여자랑 자지 마요."

오늘도 너의 뾰족한 턱처럼 아름다운 문장 하나를 생각
한다. '그리운'으로 시작해서 '개 같은 년아'로 끝나는 편지
를 쓰고 또 쓴다. 나는 지금 몹시 삐쳐 있다고, 신에게 경
고해 두었다. 연애편지를 정기 구독하는 너라는 독자여.
내 안부의 온전한 형상이여.

모호한 슬픔

— 　기다리는 전화가 있었나 봐요,
　감추어 둔 희망을 들키는 기분

　미래는 너무 많은 오늘을 약탈해 가고 있다

　결국 너는 쥐가 난 슬픔
　쥐가 난 왼손을 오른손으로 만졌을 때의 낯선 감촉 같
은 거

　이제 너는 공휴일에서 제외된 기념일 같다

　한 여자애의 전화번호를 암기하는 일
　너에게 없던 비립종 같은 걸 사랑하는 일
　애인이 너의 이름을 발음할 때
　멀미가 느껴지는 일

　사랑은 왜 오전과 오후 사이에서만 기생하는지
　이런 불가능한 시간이라니

— 　운명이 뿌리고 간

겨우 한 자밤의 슬픔에 나는
이렇게도 엄살을 부리나

아직도 나, 내가 낳은 슬픔을 두고 훗배앓이 중

어쩔 건데,
이런 감정

모든 연애의 끝은
궁금한
궁금하지 않은
부모님의 굴욕 같은 거

나의 절망 역시 사행성이 짙습니다만,
누군가에게는 여전히 촉망받는 우울

미안해
이제 너를 생각하면 떠오르는 건,

네 울음의 계이름 같은 거

이건 말하자면,

기묘한 표정의 슬픔 한 마리를 포획하는 일

여름성경학교

그분이 지나가시는 거예요.
우리는 다만 통로라는 거.

모두가 각자의 소임 가운데 숨죽이는 동안 부부는 실랑이를 벌인다. 자신들의 아이를 두고.

너나 믿어, 애 내놔, 싫어, 그냥 가, 내놓으라고.

지금 그들 안에는 세 개의 신앙이 있다. 언성이 높아지고, 아버지가 아이를 꼭 붙든 어머니의 팔을 꺾으려 들 때, 나는 마음도 없이 그를 저지한다.

아이 씨, 놔 봐.

그럼 아이를 반으로 가르기라도 하든지, 어쩔 줄 모르겠다는 표정을 연기하며 생각한다.

교사들은 그 가정을 위해, 믿음 없는 아버지의 믿음을 위해, 기도하자고 제안한다. 동의하고 싶지 않다. 다만, 결국 남아서 신이 난 아이의 사진을 몇 장 더 찍어 준다.

볼풀에서 아이들은 미쳐 간다. 미쳐 간다고 할 수밖에. 경건하게 미쳐 간다. 나라고 해서 경건하지 않은 것은 아니다.

사미승처럼 머리를 자른 어린 조카를 비롯해 모든 아이들은 눈 감고 기도하는 법이 없다. 어린이가 많은 예배는 눈뜬 자가 태반이라 기도가 줄줄 새기 마련.

처음 아빠를 발음할 때 마냥, 아멘, 아멘, 발음은 잘하지요. 아멘은 그 말에 동의하거나, 그것이 이뤄지기를 바란다는 뜻으로 하는 말이라던데.

무엇이 이루어지길 바라니?
모든 건 이미 정해져 있는데.

아니면 말고.

성서 학습이 끝나고 이제 재미있는 놀이가 이어질 거예요. 산만한 아이는 무리에서 빠져나와, 예배당 벽 커튼 뒤에 가려진 전신 거울을 발견하고, 한참을 그 앞에 서 있다. 몇몇의 아이들이 그걸 따라 하느라 거울 앞에 줄지어 선다.

어른들은 막대풍선을 들고 도열한다.
그 밑을 지나가는 아이들을 흐뭇하게 바라본다.

지나가세요. 지나가세요.
주님도 지나가세요.

저희는 다만 통로니까요.

정말이지 아무런 반항심도, 불신도 없어요. 그러나 팔이 조금 저려서 잠시 쉬고 있을 뿐.

나는 온종일 선한 척하며,
어린 애인의 남자 친구들과 내 추한 소유욕만 떠올렸다.

담배 생각이 절실했다.

여름성경학교

지난밤 여체를 더듬은 손으로 어린이들의 볼을 쓰다
듬는다.

근친의 애인은 생사람 같다.
생불(生佛) 같다.

나의 목자요,
하나님 슬하의 배다른 형제.

얘야, 괜찮다.
사랑은 대부분의 방식이 이단이지.

입맛에 맞는 천국에 가면 된다.

설령,
집념의 병리와 믿음의 병리가 싸우고 있었다.

입덧하는 여름,
죄의 맛을 모르는 어린이들은 물놀이를 위해 거리낌 없
이 옷을 벗는다.

나는 문란하므로 애인 앞에서는 죄가 없다.

내게 유소년기를 보여 준 이들이 자신과 닮은 아이들을 하나씩 안고 입장한다.

내 부주의로 눈두덩이 찢어진 어린아이가 나를 보고 바보처럼 웃고 있다. 이제 나는 그런 것이 신의 표정이라고 착각할 만큼 어리석지는 않다.

우울이 지나친 자는 온몸이 흉기다.

과년한 슬픔 몇 개를 회당에 몰래 버리고 오던 길. 내가 모범 교사로 추천되었다는 소식을 듣는다.

흐트러진 정적을 수습하다가 징그럽게 웃어 버렸다.

대자연과 세계적인 슬픔

액상의 꿈이 뚝뚝 떨어지는 머리를 매달고, 생시 문턱을 넘는다.

애인의 악몽을 대신 꿔 준 날은 전화기를 꺼 둔 채 골목을 배회했다. 그럴 때마다 배경음악처럼 누군가는 건반을 두드린다.

비로소 몇 마디를 얻기 위해 침묵을 연습할 것. 총명한 성기는 매번 산책을 방해한다. 도착적 슬픔이 엄습한다. 나는 실오라기 하나 걸치지 않은 부모에게서, 향정신성 문장 몇 개를 훔쳤다.

아름다웠다.
괘씸해서 견딜 수가 없었다.

경외한다. 우리들의 객쩍음에. 이유 없이 사람을 죽일 수 있다면 이유 없이 사람을 살릴 수도 있다. 나의 지랄은 세련된 것. 병법 없이는 사랑할 수 없다. 너는 나의 편견이다.

불안과의 잠자리에서는 더 이상 피임하지 않는다. 내가 돌아볼 때마다 사람들은 온갖 종류의 비극을 연기한다. 우울한 자의 범신론이다. 저절로 생겨난,

저 살가운 불행의 머리를 쓰다듬는다. 그럴 때마다 생은 내 급소를 두드린다.

나와 나의 대조적인 삶.
길항하는,

꼭 한 번은 틀리고 말던 아름다운 피아노 소리.

고통의 규칙을 보라.

말씀과 삶

요구하지 않은 기도는 하지 말아 줄래요.
나의 믿음은 도식적이어서요.

많은 이웃을 사랑했어요.
양쪽 뺨 정도는 마음껏 내줄 수 있지요.
성애도 사랑이니까요.

퍼즐을 꼭 맞춰야 하나요?
예쁜 슬픔 한 조각이 갖고 싶을 뿐이에요.

인생을 학예회처럼 살고 싶지는 않네요.
어린이를 연기하는 어린이는 끔찍하죠.

칠흑 같은 밤에는 차라리 하늘을 보고 걷듯,
내 기도는 지속되지만
아멘을 발음할 땐 신중해야 합니다.

반복되는 절망은 내 탓이 아니죠.
비극은 생의 못된 버릇 같은 거니까.

강대상 뒤에는 당신 몸에 꼭 맞는 침대
걸려 있는데 아버지, 외박이 잦네요.

남을 미워하는 건 이제 관두기로 했어요.
내 온실 속에는 꽃 피우는 고통만 들이기로.

통증 없는 삶은 결코 범사가 아닙니다.
당신 같은 플라세보가 있어서 다행이에요.

형제들이여, 나의 죄는 희대의 형식이어서
제게 돌을 던질 자격을 드리기로 합니다.

커다란 손에는 잘 벼린 말씀과 한 줌의 인간들.
내 직유의 전장에는 방패 같은 톨레랑스!

생략머리

우리 언제 연애 한번 해요. 다 끝난 노름판을 기웃거린다. 너는 여전히 아름답지만, 이 설렘은 빗댈 만한 사물이 없다. 감정에도 지구력이 필요한 법이지. 숨이 찬다. 너는 양치 후 씹는 귤 같구나. 비가 먼지잼으로 온다. 세워 둔 채 딴청을 피우느라 아픔마저 온통 자세가 흐트러져 있다. 단 한 번, 우리가 만드는 어둠의 색을 보고 싶었다. 그러나 빛에 닿는 순간 이미 그것은 어둠이 아니다. 흐릿한 네 이름을 적는다. 단단하고 매끄러운 악몽을 책받침 삼아. 너를 지키기 위해 너와 그토록 많이 싸웠다. 이런 날만 지속되는 지옥이 있을 것 같다. 너와 가장 닮은 슬픔을 골라 네 빈자리에 세워 둔다. 성긴 오후가 부모에게 들켜 버린 미성년의 연애편지 같다. 우리는 비대칭의 얼굴을 수용하기 위해 충분히 사시가 되어야 했는데. 방과 후. 적을 잃고, 생애를 잃었을 때, 조심스레 받아 들었다. 개평이랍시고, 삶이 내게 던져 준 것.

애달피

사랑 한번 못 받아 봤다는 듯 머묾이 번식한다. 긴 복도 끝 굳게 잠긴 저물녘에 두고 온 것이 있다. 오늘 내가 고른 석양에는 네 가지 무렵의 색이 섞이고, 북상하는 슬픔에 여린 이름을 지어 준다.

어린 애인은 기어코 증오 한 칸을 갖기 위해 나를 진심으로 사랑하기 시작했다. 연애는 직전의 것으로만 살아 움직이므로, 이 곁을 사랑하기는 이른 시기. 한사코,

너는 무화과나무로 서 있다.

어떤 악행을 위해 도덕은 이토록 거대한 폭풍 전야인지. 내 양가감정에 문외한인 편부모의 날에. 흰 건반으로만 연주하는 날에. 언제쯤 나는 시방을 앓다 갈까. 사양길에 견고한 불결이 깃들어 있다. 너를 사랑할 때, 그때 나는 신과 유일하게 대등하게 싸웠던 것 같다. 방랑자로서 가로되,

'나는 생각보다 초라하고, 생각보다 위대하다!'

*

박약은 풍수해다. 무덤을 파헤치는 것이 아니라 네 다음 윤회로 가는 것이다. 그리움이 불가능하다면 나는 이미 네 앞에 서 있다는 것이다. 한 시절의 우연을 탕진하고도, 이 삶은 기꺼이 위험하다. 버젓하게도 낯선 너를 만나긴 잠에서 깬다. 애처롭게도,

내가 그리워하는 것이 너인 줄 알았다.

하물며, 네가 아니라 내 그리움이 나를 사육한다. 오늘날 내가 축생이 아닌 인간인 것에 비참해한다. 내 이름은 쌍욕이다. 정결한 네 입으로는 발음되지 않는다. 부적 같은 악상떼귀를 손에 쥐고, 에, 에, 하고 병신같이 운다. 사양길에 견고한 불결이 깃들어 있다. 사랑 한번 못 받아 봤다는 듯 머묾이 번식한다.

*

너라는 지독한 관성 때문에 나는, 아무 데나 애인들을

버리고는 했다. 그런 텅 빈 시민 의식으로 여기, 나의 오늘을 인용해 둔다.

'죽은 너를 관 속에서 꺼내 내 방에 눕혀 놓고, 밥은 먹었니, 오늘 하루는 어땠어, 하고 말을 건다. 당연하게도 너는 말이 없다. 어떨 때는 욕망에 못 이겨 네 위에 올라타기도 한다. 나는 언제 끝날지 모르는 기약 없는 장사를 지내고 있다. 독 탄 시간을 조금씩 홀짝이며, 나도 곧 따라갈게, 오늘을 한 발 한 발 딛으며, 밥은 먹었니, 오늘 하루는 어땠어,'

해피엔드

　연애 같은 소일거리를 해 주고 푸른 찰과상 무늬 몇 닢을 받는다. 아직 나를 떠나기 전. 너는 알몸으로 내 구겨진 길 몇 갈래를 다려 주었지만, 한 번쯤 주저앉지 않기란 어려운 일. 사람들은 순조로운 삶에 적선할 줄을 모르고, 행복을 위해 누군가는 버려져야 한다. 어린 내가 길어다 준 시절의 수면 위로 나보다 먼저 살다 간 새를 보았다. 이 투명하고 시린 꿈 한 사발로 목마른 여생을 축인다. 바람에 묶인 풍향계는 어리둥절한 표정으로 멈춰 있고, 나는 이러한 예측할 수 없는 소수자의 절경이 무척 마음에 든다. 따뜻한 응달 위에 서서 슬픔에 가려진 내 뒤안길을 오래오래 기렸다.

그 후

슬픔을 경제적으로 쓰는 일에 골몰하느라 몇 계절을 보냈다.

나를 위탁할 곳이 없는 날에는 너무 긴 산책을 떠난다. 목줄을 채운 생각이 지난날을 향해 짖는 것이며, 배변하는 것까지 묵묵히 지켜보았다.

그건 거의 사랑에 가까웠지만, 결코 사랑은 아니었다는 식의 문장을 떠올려 본다. 모든 불행은 당신과 나의 욕구가 일치하지 않는 데서 온다.

병구완이라도 하듯 아침과 저녁은 교대로 나를 찾아왔다. 한마디 상의도 없이.

좋은 냄새가 나는 아기를 안아 주고, 도닥여 준다. 아기를 좋아한다는 의미는 아니다.

아름다운 것은 인생이 아니라 기어코 비극적이려는, 고삐 풀린 그것을 길들이는, 인간이다.

집에 놀러 온 신은 내 일기를 들춰보다가, "신이란 신은 죄다 불량품인지, 뭘 가지고 놀든 작동이 잘 안 돼서"라는 구절을 보고 표정이 굳어진다. 그러나 그쪽이 인생에 관여하는 건 너무 이상한 일이라고. 시는 시일 뿐이라고.

친구는 집을 샀다고 했다. 나는 아직 내 명의로 된 단어 하나 갖지 못했다.

폴리아모리를 알게 된 뒤로는 사랑 같은 거, 시시해져 버렸다. 통념 안에서 목숨 거는 일이 죄다 촌스러워졌다.

나를 위협하는 사람을 간발의 차로 따돌리고 꿈 밖으로 나온다.

당신이 떠난다고 했을 때, 나는 작고 둥그런 불가항력을 입안에 넣고 굴리며, 잠시 슬퍼졌다. 오래 만나야만 가질 수 있는 슬픔이 있고, 그 슬픔 하나를 빚은 것은 우리의 기쁨이다. 그리움에 녹이 슬었다.

원하는 걸 가질 방법이 있다면, 무슨 수를 써서라도 그

걸 꼭 취하고 싶다. 원하는 걸 갖기 위해서가 아니라, 내가 원하는 게 무엇인지 알기 위해.

개처럼 취할 거다. 꼬인 인생은 꼬인 혀로 말해야 하니까.

나는 왜 이리 매사에 시적인지를 곰곰이 생각했다.

젖빛유리 너머

잎이 지는데 나, 아무렇지도 않다.

머리에 책갈피를 끼워 넣고, 그리운 너는 잠시 덮어 둔다.

수요가 없는데 생은 자꾸만 모자랐다.

노랫말을 붙이지 않은 시간이 모호하게 흐르고, 아버지는 이제 어린애처럼 울고 계시다.

내 앞에는 네가 던져 준 붉은 고깃점 한 조각이 놓여 있다.

흙먼지 묻은 슬픔을 오랫동안 내려다본다.

나는 어쩌다 인격을 가져 버린 개 같다.

비행, 젖빛유리 너머

양순모(문학평론가)

시란 무엇일까. 그리고 시인이란 어떤 존재일까. 이런 근본적인 질문을 품게 하는 시집이 있다. 그 누구도 손쉽게 대답할 수 없는 질문들. 어떤 시집들은 '전위' 혹은 '메타'라는 이름으로 질문을 전달하고, 이를 받아 본 독자는 자신의 독서 태도 및 습관에 대해 역시 근본적으로 고민한다. 그런데 그간의 한국시를 돌이켜 보면, 저 근본적인 질문들은 대개 젊은 시인들이 짊어졌고, 시의 오랜 독자들은 다소 당혹스러운 기색을 감추지 못했던 것 같다. 이를테면 필시 여물지 않았을 그 질문과의 씨름을 두고, 어려운 질문을 제기한다는 의미에서는 매우 좋은 시도이나, 이것이 과연 좋은 시인지 잘 모르겠다는 식의 유보적인 태도 같은 것들 말이다.

좋은 시의 정의를 두고 펼쳐지는 창과 방패의 대결에서 젊은 시인들은 부수고, 오랜 독자들은 보호한다. 그러나 이 끝없는 대결이야말로 오늘날 한국시를 여느 예술 영역에도 뒤처지지 않을 아름다움의 보고이자, 세계 다른 어느 곳에서도 찾아보기 어려운 사랑받는 장르로서 자리매김할 수 있게 만들었다고 얘기할 수 있을 것이다. 일방적 대화가 아닌 긴장적 대화를 통해 장르로서 시는 설득적이고 신뢰할 만한 방식으로 그것의 아름다움을 전개해 왔기 때문이다. 그런데 이 대결 가운데 누군가는 항상 조금 억울해 보인다.

왜 저 가장 어려운 질문에 젊은 시인들만 대답해야 하고, 그 결과와 관련해 그들은 언제나 핀잔을 듣는 위치에 존재해야 하는가. 시인의 젊음은 시를 위해 존재해야 하는가. 왜 그래야만 하는가. 시를 두고 벌이는 이 기묘한 고부 갈등과 같은 상황에, 젊은 시인들은 점차 문학사의 시간을 떠나 역사 혹은 생활의 시간으로 향한다. 어느덧 오늘날 젊은 시인들은 세상이 붙여 준 '젊은'이라는 이름표를 떼어 내며, '나'의 시를 만들어 간다. 그들은 첨단화될 대로 첨단화된 혹은 노쇠화될 대로 노쇠화된 저 자율적인 장르로서의 '시'를 떠난다. 창과 방패의 대결은 이제 2000년대까지나 가능했던 무엇인 셈이다. 그러나 이 모든 것을 뚫고 나오는 예외 또한 언제나 존재한다.

0에서 1로의 한 발을 내딛는 새로운 십 년에 독자는 젊은 시인의 첫 시집인 『대자연과 세계적인 슬픔』을 읽는다. 그리고 문득 질문한다. 시란 무엇일까. 시인이란 어떤 존재일까. 독자는 한 권의 시집을 통과하며 한 청년이 '시인'으로 탄생하는 현장을, 시적인 것들이 '시'로 열매 맺는 현장을 반갑게 목도한다. 그리고 저 사건이 벌어지는 과정에 입

회하는 가운데, 젊음에 유보적인 독자도, 소위 젊음 자체를 거부하는 요즘 독자도 이 시집에는 설득될 수 있을 것 같은 느낌을 받는다. 젊음이 불가능해 보이는 오늘날, 반대자들마저 모두 사로잡을 수 있을 것 같은 이 시 쓰기란 무엇일까. 이 시집이 가지고 있는 힘의 정체는 무엇일까. 그리고는 다시 처음의 질문으로 돌아간다. 시란 무엇일까. 시인이란 어떤 존재일까.

시를 이렇게 써도 되냐고, 혹시 이래도 되냐고 묻고 싶니? 아무리 세련된 독자인 너라도, 이런 게 시로 가당키나 하냐고 따지고 있니? 풋, 괜찮아. 안 그래도, 혹자들은 내 시의 리듬이 어떻다느니 호흡이 어떻다느니 하는데, 상관없어. 어차피 내 시집이잖아. 조또, 나 시 그런 거 몰라. 엄살 아니고 진짜. 시가 무슨 밥 먹여 주니?
　　　　　　　　　　　　—「메리 크리스마스 로렌스 씨」 부분

시인의 시 쓰기를 두고 "가당키나 하냐"는 질문이 나오고, 시인은 끝내 "상관없어"라고 대답한다. 그리고 독자는 저 질문과 대답 모두에 동의할 법한 이 시집의 특징들을 확인한다. 질문하는 독자는 이별한 '너'에게 끝없이 말을 건네는 편지이자 그런 '나'의 모습을 되돌아보는 일기로 채워진 이 글들이 과연 시인지, 이런 글들의 모음이 과연 시집인지를 묻는다. 사실 이 질문은 가치판단이 배제된 형식과 관련한 질문이지만, 즉 편지와 일기의 형식을 빌려 시인이 이를 어떻게 '시'로 구성하였는지를 묻는 질문이지만, 시집의 다른 특징들과 겹쳐 보았을 때 그 사정이 조금 복잡해 보인다.

이를테면 질문은, 보수적인 독자의 경우 편지와 일기의 형식이 기존의 압축적이고 함축적인 시들보다 뛰어난 점이 과연 무엇인지를 따져 묻는 질문일 것이고, 한편 요즘 독자의 경우 자칫 위험해 보이는 성애적인 비유와 이미지의 빈도가 다소 과도함을 지적하며, 시에서 말마따나 "이별 후의 연서"라는 그 형식의 "리벤지 포르노"(「19」)적인 것을 의심하는 질문일지 모른다. 요컨대 질문은, 이 시집은 다소 반복적이며 긴장도가 떨어져 보이기도 하고, 시집의 내용 및 상황에서의 어떤 과도함이 불편함으로 이어진다는 그런 불평 섞인 질문들인 셈이다. 그런데 시인은 이에 상관없다고 대답한다.

저 상관없다는 말은, 이어지는 문장들과 더불어 그저 '내 멋대로' 하겠다는 식의 대답 아닌 대답으로 들리면서도, 그러나 사전적 어의 그대로 '문제될 것이 없다'는 말로 들리기도 한다. 이는 시인이 여러 시편에 걸쳐 '시(인)' 및 '시 쓰기'에 대해 메타적으로 기술하며 어떤 정면 승부를 수행했던 까닭이며, 무엇보다도 오래된 독자이건 요즘의 독자이건 '이별'을 성실히 수행하고자 하는 그의 시집을 차근히 다 읽어 간 독자라면 수긍할 수밖에 없는 어떤 지점들이 존재하는 까닭이다. 시인의 대답을 살펴보자.

요구하지 않은 기도는 하지 말아 줄래요.

나의 믿음은 도식적이어서요.

많은 이웃을 사랑했어요.
양쪽 뺨 정도는 마음껏 내줄 수 있지요.
성애도 사랑이니까요.

퍼즐을 꼭 맞춰야 하나요?
예쁜 슬픔 한 조각이 갖고 싶을 뿐이에요.

인생을 학예회처럼 살고 싶지는 않네요.
어린이를 연기하는 어린이는 끔찍하죠.

칠흑 같은 밤에는 차라리 하늘을 보고 걷듯,
내 기도는 지속되지만
아멘을 발음할 땐 신중해야 합니다.

반복되는 절망은 내 탓이 아니죠.
비극은 생의 못된 버릇 같은 거니까.

강대상 뒤에는 당신 몸에 꼭 맞는 침대
걸려 있는데 아버지, 외박이 잦네요.

남을 미워하는 건 이제 관두기로 했어요.
내 온실 속에는 꽃 피우는 고통만 들이기로.

통증 없는 삶은 결코 범사가 아닙니다.
당신 같은 플라세보가 있어서 다행이에요.

형제들이여, 나의 죄는 희대의 형식이어서
제게 돌을 던질 자격을 드리기로 합니다.

커다란 손에는 잘 벼린 말씀과 한 줌의 인간들.
내 직유의 전장에는 방패 같은 톨레랑스!

—「말씀과 삶」 전문

"말씀과 삶", 그것과 투쟁하는 한 '인간'의 목소리가 울린다. '나'의 믿음은 "도식적"인 것으로, 신이 말씀한 사랑은 "성애"가 되고, 신 안에서의 행복은 "예쁜 슬픔 한 조각"으로 대체된다. 신께서 말씀한 복잡하고도 오묘한 삶의 진실들의 입장에서 보자면, '나'의 이 신성모독적인 믿음은 옛 연인을 향한 맹목적 집착으로 환원되는 단순한 도식에 불과한 셈이다.

그러나 "반복되는 절망" 가운데 이 고통을 외면하는 신이 "외박" 중에 다름 아닌 것 같다면, "짓궂은 불행이, 내가 쥔 성스러운 마리오네트의 끈을 툭툭 끊고, 달아나는 것을 본다"면(「여름성경학교」) 우리는 한 오래된 신앙인이 보여 준 지혜를 참조할 필요가 있다. 요컨대 '상기'나 '회상'이 아닌 '반복'을, 예정된 신의 뜻을 상기하는 무조건적 순종의 믿음이 아니라 "앞을 향하는 반복"이라는 '인간'의 믿음을 재전유할 필요가 있다. 그 지혜는 욥의 이야기처럼, 신에게 도전하고 대결하기를 권하며, 그 결과 획득하는 '주체적'인 믿음이야말로 보다 깊이 신을 사랑하고 이해하는 믿음이자 "현대적 인생관"이라고 얘기한다.[1]

그런즉 반복되는 절망을 선물하는 "생의 못된 버릇 같은" 이 "비극"은 '우리를 시험에 들게 하지 마옵시고'라고 기도하며 회피해야 할 운명이 아니라, 피할 수 없는 운명이자 투쟁해야 할 운명이다. 뿐만 아니라 그 운명을 상대하는 '나'의 태도는 이미 정해진 무언가를 "연기"하는 "학예회"가 되어서는 안 되며, 역시 정해진 "그 말에 동의하거나, 그것이 이뤄지기를 바란다는 뜻으로 하는 말"(「여름성경학교」)인 "아멘"에 신중해야 한다. 우리는 고통 속에서 좀처럼 신의 뜻을 알지 못한 채, 어느덧 그를 우리네 기복 신앙의 일용할 "플라세보"로 삼았기 때문이다.

그러므로 '나'는 신의 말씀이 아닌, 반복되는 고통 속에서 벼린 인간의 말씀이라는 창을 쥐고, 인간과 신(세계) 사이의 "직유의 전장"에서 "톨레랑스"라는 방패를 든다. 신에 저항하는 것과 같아 보이는 저 모습은 한편으론 분명 신성모독이겠지만, 다른 한편으론 신이 우리에게 선물한 가장 값진 것 중 하나일 '나'의 '자유'를 통해, 진정 신-세계의 뜻을 이

---

1 쇠를 키르 케고르, 「반복」, 『반복/현대의 비판』, 임춘갑 역, 치우, 2011, p.10, p.46.

해하기 위한 '나'의 투쟁에 다름 아니다. 그렇다면 독자는 그의 신성모독에 "돌"을 던지는 "형제들"이 되기 이전에, 우리 앞에서 무장한 그의 목소리에 호기심을 가질 필요가 있다. 비록 그의 창에 우리의 안온한 믿음이 조금 다칠지라도, 한 인간이 처절하게 수행하여 얻어 낸 전장의 한 기록을, 한 '인간'에 의해 재전유된 신-세계의 말씀을 궁금해할 필요가 있다.

　네가 꿈을 찢고 나와 내게 안부를 묻는다. 자신이 만든 극 중 인물과 조우하는 일은 무척 위험하지만 거역할 수도 없는 것. 그러니까, 나의 피조물이 스스로 말하기 시작했다는 것. 너와 실제로 말을 섞고 있으면, 이건 생시라기보다 내가 꿈을 여기까지 지배하게 됐다는 생각. 너는 여전히 아름답고, 근래의 꿈에서와는 다르게 아직 내게 친절하구나. 그래, 물론 이곳은 무대 뒤편이니까. 언제 한번 만나, 총천연색의 너와 미치도록 자고 싶어. 인간은 같은 시를 끝없이 반복한다.

─「13」 전문

　50편의 시편으로, 그리고 400번의 마침표로 이루어진 〈제1부 400번의 구타〉는 저 전장에서의 매일을 성실히 기록한 무엇에 다름 아닐 것이다. 그 내용을 살펴보자면, 일관되게 '나'는 기존의 신과 대화하는 것이 아니라, 헤어진 연인인 '너'와 대화하며, '너'를 마치 '당신'이라고 하는 새로운 신으로 삼는 것처럼 보인다. 신이 이 세계라 한다면, "무너지는 세계를 보며 너냐고 묻"(「묘묘」)는 '나'에게 '너'는 적절한 신인 셈이다. 그렇게 우리는 떠나간 '너'를 애도하며, 이 불행의 원인일 신을 애도하고자 한다. "나는 한 번도 너를 이해한 적이 없다. 너를 외우고, 또 외운다"(「2」), "너를 되풀이하지 않기 위해 너를, 사력을 다해 기억하려 한다"(「6」). '나'는 이 세계를 부정하며 동시에 이해하고, 그렇게 이 세계를 넘어서고자 한다. 하지만 그것이 쉬울 리가 없다.

"너와의 연애는 누구의 꿈속이었나. 네 가면 뒤에는 누구의 얼굴이 숨어 있었던가. 나는 누구의 가면인가"(「8」)라는 질문 속에 '나'의 궁극적인 불안과 의심이 있다. '나'는 누구였던가. '너'를 사랑한 '나'는 누구였던가. 이 사랑 모두 "누구의 꿈"에 불과한 것 아닌지, 각자의 가면 뒤에 "누구의 얼굴이 숨어" 있었던 것은 아닌지. 떠나간 '너'는 '나'의 집착에 의해 만들어진 '인물'이듯, '나' 또한 누군가에 의해 만들어진 '인물'이다. 그럼에도 찰나의 "무대 뒤편"에서 '나'는 '나'와 '너' 모두를 확실하게 만들어 줄, 이 둘을 잇는 관계에의 욕망을 폭발시킨다. 비록 '나'와 '너'는 만들어진 인물들이지만, 서로가 신이 되어 혹은 피조물이 되어 스스로의 존재를 확신하고자 한다.

그러므로 인간은 "같은 시를 끝없이 반복"한다. 이 끝없는 고통스런 꿈의 '반복' 가운데 인간은 어떤 어리석음을 반복한다. '나'는 이미 떠나간 '너'를, 사실상 죽어 버린 '너'를 잊지 못하고, 이를 끝없이 반복한다. 시(詩)는 시(尸)를 포기하지 못한다. 애도의 불가능성. "시간이 한곳에 고여 썩는 일" 가운데(「11」), 그럼에도 '나'는 "너를 경유해 유구한 미래로" 가고자 하지만(「9」), 그런데 옛 연인과 나는 "단 한 번도 대화해 본 적 없"다(「32」). "우리의 대화는 꼭 문장부호를 모두 빼 버린 필담 같"아서(「7」), 이 400번의 마침표(문장부호)는 정확히 '신'과 다를 바 없는 '나'의 독백이 되어 버린다. 그리고 시인은 솔직하게 고백한다. "너를 위해 시를 끌어들이는지 시를 위해 너를 끌어들이는지 알 수 없"다. "윤회가 헛돌고 있었다."(「12」)

저 헛도는 힘겨운 반복을 지켜보고 있노라면, 오랫동안 시를 즐겨 온 독자로서는 좀처럼 애도에 성공하지 못하는 이 시를 두고 이것이 과연 좋은 시인지 물을 수 있을 것이다. "네가 끊임없이 반복되므로, 내 삶은 온통 비문"(「7」)이라 한다면, 과연 이 시집은 저 비문으로서 삶을 깨달은 것을 넘어 이를 시로서 치유하고 회복 가능한 것으로 만들었는지 의심할 것이다. 또한 요즘의 독자라면, "빨고 만지고 핥아도 결국 너를 열지는 못했다는 생각"(「15」)이 과연 폭력 이상의 무엇을 성취할 수 있을지 물을 수 있을 것이다. 주체적인 '나'를 되찾고자 하는 이 모험이 '너'를 희생하는 이런 식의 여정이라면, 이와 같은 비윤리적인 태도는 좋은 시가 될 수 없을 것 같다.

그러나 정확히 정반대로, 누군가에게는 지지부진하게 반복되는 실패들이자 과도한 성애적 비유로 보이는 이 특징들이 시인 고유의 "병법"이라고 얘기해 볼 수 있지 않을까.

"나의 지랄은 세련된 것. 병법 없이는 사랑할 수 없다. 너는 나의 편견이다."(「대자연과 세계적인 슬픔」) '너'는 '나'의 편견이고 '나'는 '신'의 편견인 이상, 비록 '나'는 '신'에 대항해 '너'를 향했음에도 결국 '너'가 '나'의 피조물인 이상, 시인의 시 쓰기는 '신-나'의 독백이자 거울 놀이에 불과하다. 그렇기에 '나'는 저 악순환과 "거짓말"(「15」)의 세계를 탈출하여 어떤 "사랑"을 수행하기 위해 이 비극적 운명과 투쟁할 구체적 "병법"을 고안해야만 한다.

네 서재에 꽂혀 있던 책들을 기억나는 대로 구해 한 권씩 읽어 나간다. 정색하고 곤봉체조하는 기분으로. 어떤 날에, 나의 읊조림은 통화하며 끼적이는 낙서 같다. '독서는 세계가 던지는 질문에 나 자신이 정확히 어떤 답을 가지고 있는지 알아보기 위한 작업이다. 결국, 저 심연에서 기다리는 나를 찾아가는 모험인 것이다' 너를 더 알고 싶어. 편견을 버리기 위해서는 편견을 학습해야 한다. 세계를 응시하면 기껏해야 들려오는 말은 이런 것이다. 제 얼굴에 뭐 묻었어요?

—「30」 전문

"편견을 버리기 위해서는 편견을 학습해야 한다." 비록 세계를 응시했을 때 "기껏해야 들려오는 말"이 "제 얼굴에 뭐 묻었어요?"와 같은 천연덕스러운 뻔뻔함일지라도, '나'는 신과 내가 만든 '너'의 세계로, 즉 신과 '나'의 "심연"이 함께 만들었을 이 '너'의 세계로 거듭 떠나야 한다. '너'를 외

면하고 망각할 수도 있겠지만 "문학은 망각과의 싸움"으로
(「10」), 그것은 '나' 안의 "아무도 달래 주지 않아 울음조차
잃어버린 아이"(「14」)를 궁극적으로 위로해 주지 못하는 까
닭이다. 그러므로 '나'는 제대로 "돌아오기 위해 끊임없이
너에게로 떠나는 중"이다(「3」). 이 무자비한 '신'과 '나'라고
하는 그 '심연'을 이해하기 위해, 그 이후의 새로운 '나'를 마
련하기 위해, '나'는 거듭 '너'에게로 향한다.

그런데 "풍토병"(「20」)처럼 평생 앓아야 할 병과 같이 내
꿈을 통해 거듭 반복해서 등장하는 '너'는 "하필 애널 섹스
하는 꿈 따위"(「20」)로 등장하는 '너'이다. 까닭에 "머리맡
에 메모장을 놓고 잠들어도 네 꿈을 기록"(「20」)하기 어려운
'너'이지만, 그것 역시 '너'이고 '나의 너'이다. 강한 성애적
결속으로 꿈에 등장하는 '너'를 '나'는 외면할 수가 없다. 무
엇보다 '나'와 분리될 수 없는 존재로서의 "칭격 너머에 있"
는 "우리라는 개인"(「나의 여자 친구, 모호」)은 거듭 기술되어야
하는 것으로, '너'가 '나'의 심연과 '나'의 우상에 의해 만들
어진 '너'라 한다면, "나는 너를 속되게 이르는 말"(「38」)이라
한다면, '너'다운 '너'를 향하기 위해 '나'는 금지된 "우리라
는 개인"을 경유해야만 하기 때문이다. '나'는 '우리'라는 새
로운 '신'과 더불어 그리고 그와의 '이별'과 더불어 이 고통
을 넘어 새로운 '나'로 거듭나고자 한다. '나'는 비로소 그곳
에 서서 스스로의 심연을 발견하고 이를 넘어설 수 있을 것
같기 때문이다.

그러므로 꿈에서 결속된 "우리라는 개인"은 반복되는 고

통스러움에도 불구하고 '나'를 거듭 '너'에게 집착하게 한다. '너'는 "아직 도래하지 않은 거리에는 다 식어 버린 그리움의 해적판들"(「46」)과 같은 값싼 감상(感傷)의 대상으로 전락하지 않은 채, 점차 '나'에게 이질적이고 과도한 타자로 현상한다. 비록 그것이 '너'를 잊지 못하는 애도의 실패로 보일지라도, 매번 일상을 초과하는 외설로 등장한다 해도, 그러나 이는 정반대로 이별로 압축되어 현상한 이 끔찍한 세계를 진정 넘어서기 위한 방법이자 "병법"이다. 그렇게 시인은 애도 불가능성과 근본적인 애도의 수행이라는 모순적 긴장 속에서 매일의 일기이자 '너'를 향한 편지에 다름 아닐 시 쓰기를 수행한다. '나'는 '너'에 대한 과도한 그리움을 표현하며 애도의 실패를 성실히 기록하고, 이 빠짐없는 기록은 '너'를 만들어 낸 심연과도 같은 '나'를 반성적으로 드러낸다.

그렇다면 이 기록과 반성의 시 쓰기는 독자에게 어떤 아름다움을 전달하는가. 시집을 통과하며 시인과 독자는 '이별'과 더불어 새로운 '나'로 거듭날 수 있을까. "우리는 반드시 실패로 끝나야 한다"(「24」)는 이별에의 '의지'와 성애적 이미지로 현상하는 결속에의 '충동' 사이에서 시인은 말한다. "우리는 혜안이 없다. 마지막이라 생각하고, 말한다. 마지막이라 생각하고, 듣는다."(「31」) 뾰족한 수가 있을 리 없는 저 근본적 애도의 수행 가운데, 시인은 줄곧 이별의 과정에 성실히 집중할 뿐이다. 그런데 그간의 우리는 저 지난하고 고통스러운 과정을 묵묵히 통과하기보단 그 결과만을 취하고 있지는 않았던가.

시인이란 "망측해라! 나는 이별까지 미화하는 사람"(「묘
묘」)이며, 그런 시인의 시는 "나의 절망 역시 사행성이 짙습
니다만,/누군가에게는 여전히 촉망받는 우울"(「모호한 슬픔」)
이라는 기대의 맥락을 벗어나기가 어려웠다. 즉 시라는 매
체를 둘러싼 창작과 수용의 맥락은 궁극적으로 '(승화적)
아름다움'이라는 목적에 집중해 있었고, 그 아름다움의 성
취에 집중한 나머지 어느덧 오늘날 시인과 독자는 결과로
서의 아름다움에 도달하기까지 가능했던 '과정'을, 즉 저 지
난한 근본적인 애도 작업의 수행 자체를 충분히 주목하지
못했던 것은 아닐까.

혜안 없는 시인은 "진심을 연기할 수 있다면 당신은 이
미 어른이다"(「41」)라는 문장과 더불어 그저 "진심"으로 '과
정'에 집중한 시를 쓴다. 그것은 일견 "시 아니라 시 비슷한
것"(「42」)으로 보이기에, 시집은 '시'가 아닌 '시적인 것'의 기
록으로, 결과가 아닌 '증상'과 '과정'의 기록으로 채워진 것
만 같다. 그러나 성실한 독서를 수행한 독자라면, 저 이별
과 애도의 전 과정을 모두 빠짐없이 통과하는 가운데 지난
하고 남루한 이별의 불가능성을 생체험한다. 그리고 독자
는 저 생체험을 통해서만 가능할 어떤 아름다움에, "나와
나의 대조적인 삶./길항하는,//꼭 한 번은 틀리고 말던 아
름다운 피아노 소리.//고통의 규칙"(「대자연과 세계적인 슬픔」)
에 다다른다.

연애 같은 소일거리를 해 주고 푸른 찰과상 무늬 몇 닢을 받는다. 아직 나를 떠나기 전. 너는 알몸으로 내 구겨진 길 몇 갈래를 다려 주었지만, 한 번쯤 주저앉지 않기란 어려운 일. 사람들은 순조로운 삶에 적선할 줄을 모르고, 행복을 위해 누군가는 버려져야 한다. 어린 내가 길어다 준 시절의 수면 위로 나보다 먼저 살다 간 새를 보았다. 이 투명하고 시린 꿈 한 사발로 목마른 여생을 축인다. 바람에 묶인 풍향계는 어리둥절한 표정으로 멈춰 있고, 나는 이러한 예측할 수 없는 소수자의 절경이 무척 마음에 든다. 따뜻한 응달 위에 서서 슬픔에 가려진 내 뒤안길을 오래오래 기렸다.

ㅡ「해피엔드」 전문

시인은 "생애를 잃었을 때, 조심스레 받아 들었다. 개평이랍시고, 삶이 내게 던져 준 것"(「생량머리」), 그 고통스런 반복을 받아들였다. 왜냐하면 "너를 사랑할 때, 그때 나는 신과 유일하게 대등하게 싸웠던 것 같"기에, 더군다나 그것은 "무덤을 파헤치는 것이 아니라 네 다음 윤회로 가는 것"이었기에(「애달피」), 시인은 "한 줌의 인간"으로서 "잘 벼린 말씀"과 "톨레랑스"의 방패를 들 수 있었다. 하지만 그 과정도 결과도 모두 고통스럽다. "안됐지만 불행에 관해서라면 당신이 생각하는 것이 맞"아서(「44」), "나는 하릴없이 네 눈을 들여다본다." 그리고 그저 "내 눈부처를 본다."(「45」) 게다가 "너를 교화하기가 쉽지 않다. 아니, 교화할 수 있다는 착각을 버리기가 쉽지 않다."(「46」)

그럼에도 우리는 이별해야 하고 그렇게 "행복을 위해 누군가는 버려져야" 한다. 그런데 여기서 '행복'은 무엇이고, '누군가'는 누구인 걸까. 행복은 '나'의 평안함이고, 그러므로 '너'는 버려져야 할까. 시집을 통과한 독자라면, 우리는 저 질문에 조금 다른 대답을 할 수 있을 것이다. "소수자의 절경"에 만족하며 "따뜻한 응답 위에 서서 슬픔에 가려진 내 뒤안길을 오래오래 기"리는 '나'를 보며 독자는 어느덧 시인이 포기하고자 한 것이 '너'가 아니라 '나'였음을 깨닫기 때문이다. 시인에게 애도 '이후'는 없다. 400번의 자기 구타 끝에 얻어지는 이별 '이후'란 존재하지 않는다. 시인의 말처럼 "끝없는 추락"만 있을 뿐. 그리고 시인은 그러한 스스로를 기린다. 저 추락의 "뒤안길을 오래오래 기"리는 시인은 어의 그대로 어떤 뛰어남이나 바람직함을 칭찬하고 기억하고자 하는 자기 긍정을 수행한다.

운명에의 저항에서 출발한 '나'는 '너'와의 긴장 끝에, '신'과의 긴장 끝에, 이별이란 불가능하다는 사실을 아니 불가능해야 한다는 사실을 깨닫기 때문이다. 전장은 끝나지 않는다. 투쟁의 한 단계 끝에 알게 된 '나'란 결국 "어쩌다 인격을 가져 버린 개"(「젖빛유리 너머」)인 까닭에, 그러니까 '나'는 그렇게 '개(dog)'이자, '인간'이자, '신(god)'인 까닭에, '나'는 거듭되는 '너'와 '우리'의 긴장적 관계 속에서 간신히 '인간됨'을 지켜야 한다. 이는 분명 끝나지 않을 고통스러운 반복과 긴장의 여정일 테지만, 그러나 그 길이야말로 우리가 기억해야 할 인간다운 인간의 길이자, 신이 아닌 시인의 길이 아닐까.

　시인은 "걷는다. 문명과 자연 사이, 혹은 서로 다른 감정 사이, 그곳에서 나는 모두의 편인 듯이, 어느 편에도 속하지 않은 듯이."(「48」) 그것이 비록 "살고 있는 것이 아니라, 삶을 연습하는 것에 지나지 않"(「35」)아 보이더라도, 그 길은 누구보다도 가장 성실히 "질문"(「37」)을 이어 가는 길이자 삶과 운명에 주체적으로 저항하며 이를 거듭 '긍정'하는 '시인'의 길일 것이다. 그리고 독자는 저 끝나지 않는 긴장의 전장이 거듭 새로이 이어지는 만큼, 계속되는 길항 속에서 들리는 어긋나는 '아름다움' 역시 '새롭게' 탄생하리라는 것을 예감한다. 시인의 말마따나 끝없는 추락은 낮은 곳으로의 비행이 거듭되는 "시작"인 까닭이다. 그러한즉 첫 비행을 마친 시인은 다시 준비한다. 어느 날 사라져 버린 '나'(「50」)는 조금은 새로운 '나'로서 다시 '너'와 함께할 비행을, 조금 다른 비행을 준비한다.